O PÊNALTI

GENI GUIMARÃES

O PÊNALTI

malê

Copyright © 2019 Editora Malê Todos os direitos reservados.
ISBN: 978-85-92736-62-0

Capa: Primor Comunicação Visual
Ilustrações: Robson Araújo
Editoração: Mauro Siqueira
Editor: Vagner Amaro
Revisão: Leia Coelho

Texto revisado segundo o novo Acordo Ortográfico da Língua Portuguesa.
Proibida a reprodução, no todo, ou em parte, através de quaisquer meios.

Dados internacionais de catalogação na publicação (CIP)
Vagner Amaro CRB-7/5224

A474m	Guimarães, Geni
	O pênalti / Geni Guimarães. – Rio de Janeiro: Malê, 2019.
	60 p.; 19 cm.
	ISBN: 978-85-92736-62-6
	1. Ficção brasileira 2. Literatura juvenil I. Título
	CDD – B869.301

Índice para catálogo sistemático: Ficção brasileira B869.301

Todos os direitos reservados à Malê Editora e Produtora Cultural Ltda.
www.editoramale.com.br
contato@editoramale.com.br
2019

PARA OS NETOS

MATHEUS
E
SYMON

ESTHER
E
SARA

PELO BEM QUE ME FAZEM.

SUMÁRIO

A FAMÍLIA — 9

O COLÉGIO — 15

O SONHO — 21

CONTORNANDO A SITUAÇÃO — 29

PRÉ-JOGO — 33

A DECISÃO — 37

A CONFRATERNIZAÇÃO — 47

A FAMÍLIA

É o que a minha mãe sempre diz: — Família é tudo de bom.

Em casa somos em quatro pessoas.

Meu pai, Pedro, minha mãe, Nilza, eu e o meu irmão Kaiodê.

Meus pais me contaram que, desde a época de namoro, planejavam que quando se casassem teriam dois ou três filhos, e que lhes dariam nomes de origem afro.

Depois de dois anos de casamento, eu nasci. Deram-me o nome de Kamau.

Dois anos mais tarde, tiveram o Kaiodê.

Somos uma família feliz.

Meu pai trabalha num cartório de registro civil. Gosta do que faz, mas dá um duro danado.

Diz que fica até zonzo de tanto ler, escrever, rascunhar.

A minha mãe é enfermeira.

Às vezes fica muito chateada com as coisas tristes que acontecem no hospital onde trabalha. Considera uma afronta o modo como é feito o atendimento para os pacientes carentes.

Mas como ela mesmo diz: — Fazer o quê? Não depende só de mim a solução do problema. Seria preciso muito boa vontade do poder administrativo, desprendimento social, para que todos tivessem tratamento digno.

Mas o bom, porém, é quando eles chegam à noitinha.

É a melhor parte do dia.

Eles nos abraçam, beijam e é só alegria.

Os dois se empenham nos afazeres domésticos e, num piscar de olhos, tudo fica em ordem.

Sentamo-nos, então, e conversamos muito sobre os acontecimentos do dia.

Às vezes, já vai alta a noite, mas eu e o Kaiodê damos um jeitinho de prolongar o papo, só para ficarmos o máximo de tempo juntos, antes de irmos para a cama.

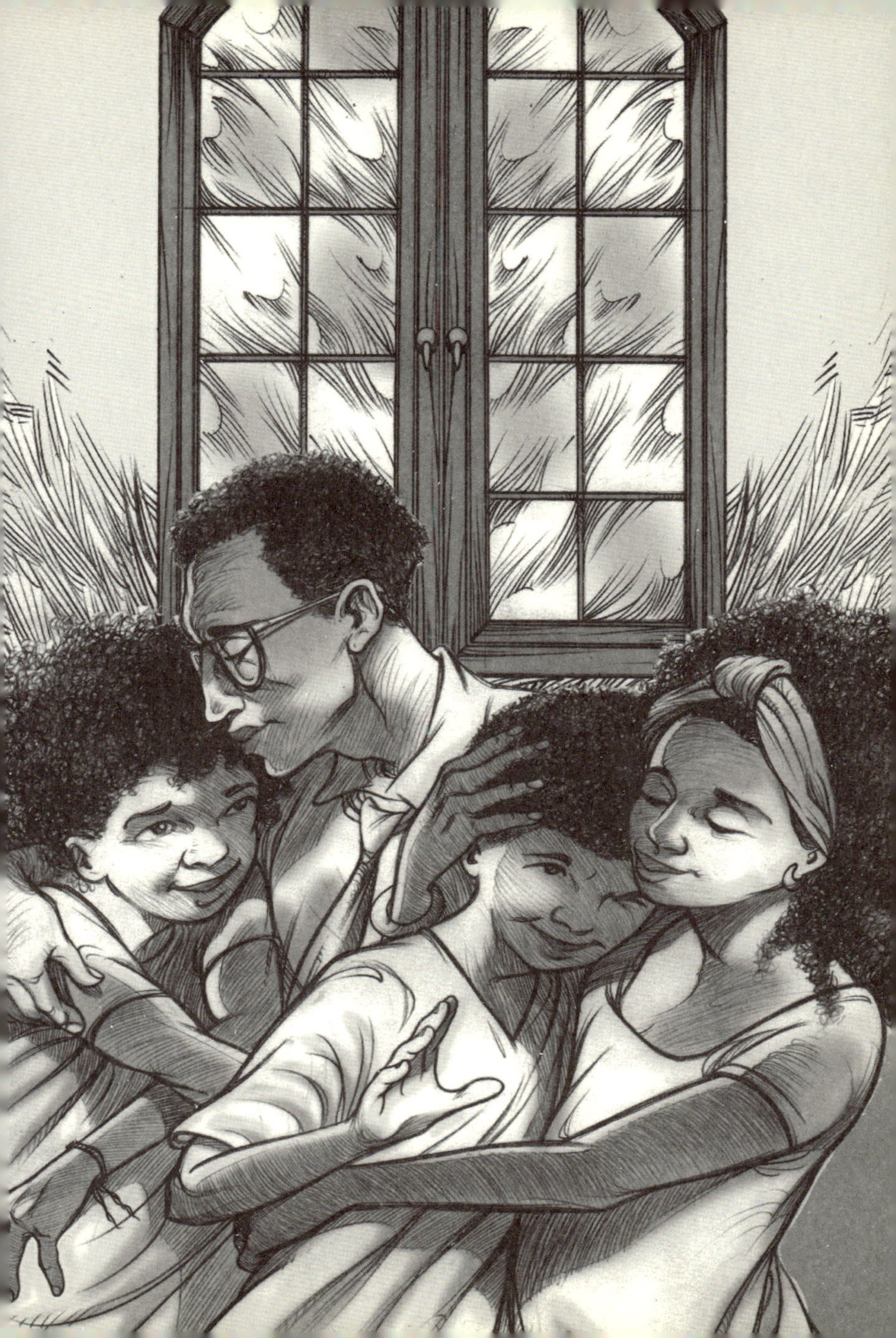

O COLÉGIO

Não sei se em toda escola é assim: na hora da aula de educação física a professora sofre.

Ela quer que a gente participe de inúmeras atividades, mas eu e muitos outros meninos gostamos mesmo é de jogar futebol.

Outro dia azucrinamos tanto, que ela, a professora, nos deixou formar um time para jogar na sexta-feira contra o 6º ano.

Formamos, então, o meu time, composto pelos alunos do 8º ano, minha classe.

Conversamos e decidimos que daríamos o nome de E.C. Zumbi, em homenagem a Zumbi dos Palmares.

Ao time organizado pelo Kaiodê, o do 6º ano, foi dado o nome de E.C. Obama, por causa da grande admiração que todos têm pelo ex-presidente negro dos Estados Unidos.

No começo, nós, os garotos do E.C. Zumbi, achamos que tínhamos grandes chances de vencer o time adversário. A maioria era mais alta, tinha mais experiência, mais malandragem.

Depois repensamos e concluímos que tamanho não é documentos e que, às vezes, a própria experiência e malandragem causam alguns embaraços na hora da disputa.

Nesse dia, eu e o Kaiodê, voltando pra casa, decidimos que o adversário não deveria saber nada sobre a escalação do outro time.

Porém, chegando em casa, me senti incomodado. Parecia estar traindo o meu irmão.

Kaiodê também estava estranho.

Não ficava cinco minutos perto de mim e, quando nossos olhares se cruzavam, a gente abaixava a cabeça compulsivamente.

— Tá bem! —- eu disse, não aguentando mais aquela situação.

Eu mostro a escalação do meu time e você me mostra a do E.C Obama.

Meu irmão concordou. Aliás era tudo o que ele estava querendo.

Vimos então que a minha posição era de defensor, e a do Kaiodê, atacante.

Aquela semana foi um verdadeiro tormento, tanto para nós, os atletas, quanto para os professores, que a todo momento tinham que interromper a aula para dar broncas.

Seu Gilberto dizia:

— Se continuar este diz que diz, eu suspendo o jogo, e tem mais, se sair uma briga...

Ficávamos em silêncio por algum tempo, mas logo recomeçávamos os comentários.

— Quero ver o Akil pegar o Sandro.

— O goleiro deles é fera — disse eu. — A gente tem que descobrir o que é que se faz para que ele engula pelo menos um frango.

— O Kaiodê eu não vou perdoar. Ele é o mais forte do Obama.

Antes que o Marquinhos completasse a fase, gritei:

— Vai perdoar sim. A professora não acabou de dizer que não quer confusão? Se você pegar o meu irmão...

Abaixamos a cabeça e fingimos que estávamos atentos à aula.

O SONHO

A noite da quinta-feira que antecedeu o evento, foi terrível.

Novamente perdemos o sono.

Eu me virava na cama. Olhava para a esquerda, mas a proximidade com a parede me incomodava, parecendo que ia me sufocar.

Arrancava as cobertas que me cobriam, mas a quentura continuava no corpo, indo da cabeça aos pés.

Olhava para a direita, lá estava o Kaiodê dormindo, ou fingindo que dormia.

Tentei acalmar-me. Fechei os olhos e nem sei a que horas peguei no sono.

Sonhei que o meu irmão havia sido convocado para jogar na seleção sub 15 da nossa cidade.

O jogo era na África, com um time de lá.

No sonho, fomos os quatro para lá. Não podíamos deixar de prestigiar Kayodê. Logo que adentramos o estádio, uma coisa me chamou a atenção: quando o nosso time entrou em campo, vagarosamente foram hasteando as bandeiras, brasileira e africana.

Fiquei muito, muito emocionado. Pareceu-me nunca ter prestado atenção o suficiente para ver o quanto nossa bandeira era linda, soberba.

Não deu tempo de extravasar.

O juiz apitou o início da partida.

Logo percebi que meu irmão era o craque do jogo. Driblava, pendia para um lado, ia para o outro, ninguém o segurava.

Não demorou para que inaugurasse a rede adversária.

Fez um lindíssimo gol.

O estádio ficou em silêncio, como se não acreditassem no que acabaram de ver.

Eu me contive. Tive medo de aplaudir, já que estava no meio dos torcedores africanos. Engoli em seco.

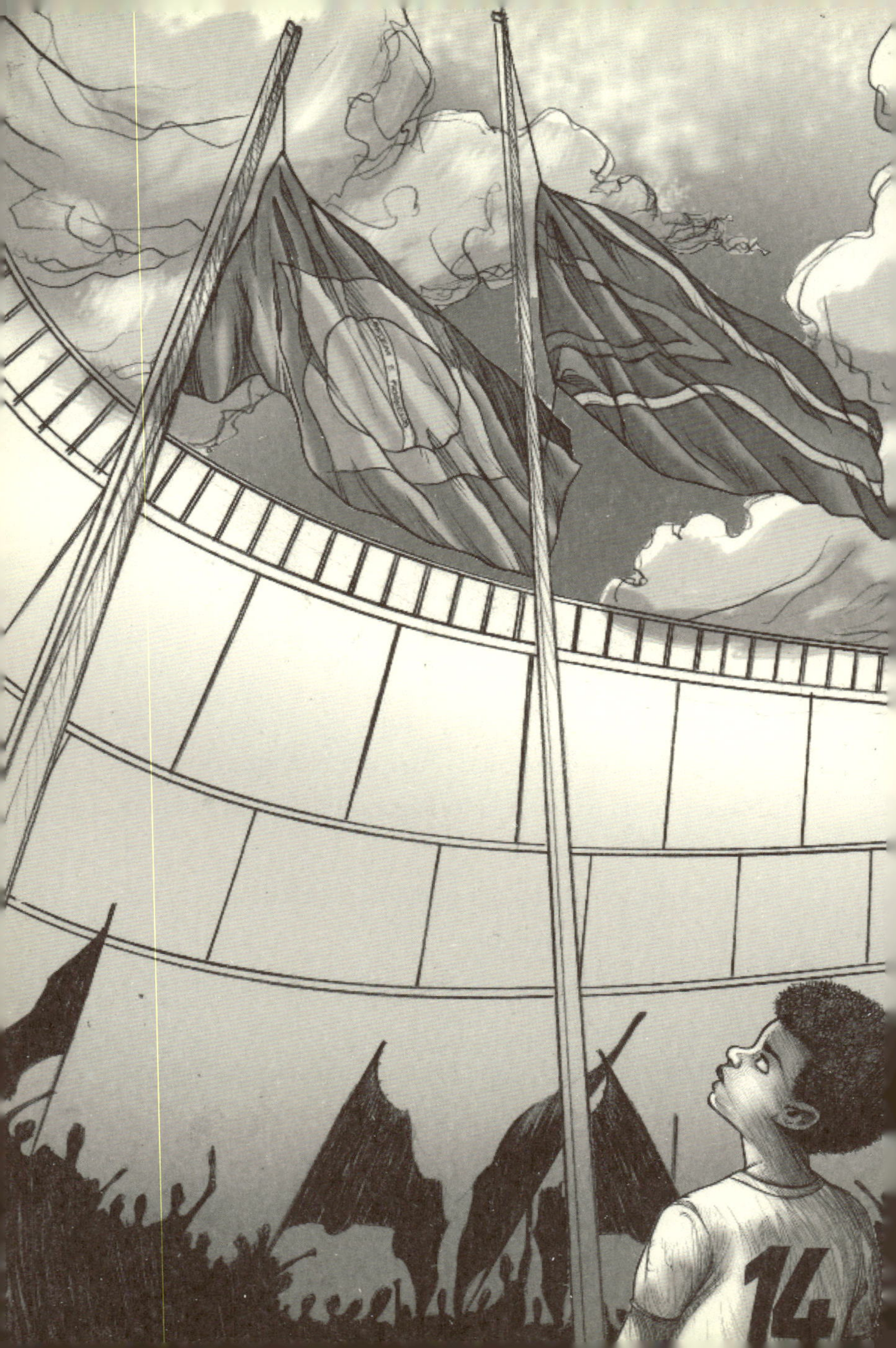
14

No segundo tempo, já nos acréscimos, um atacante do time africano furioso por antever a derrota deu uma cotovelada no rosto do Kayodê que fez jorrar sangue do nariz.

Ele deu um grito tão doído que ecoou no estádio lotado.

Meu irmão, que eu imaginei que fosse cair, rolar no chão, não caiu.

Levantou-se com muita dificuldade. Com a mão esquerda tapava o nariz, mas com a direita, o dedo em riste, apontou para nossa bandeira que tremulava no topo do local.

Acordei.

Estava transpirando muito, sôfrego, dolorido.

Ao olhar para mim, percebendo o meu pânico, Kayodê me sacudiu gritando:

— Kamau! Kamau! O que foi?

— Quase nada. Um pesadelo, só isso.

Levantei-me e fui lavar o rosto.

CONTORNANDO A SITUAÇÃO

A primeira coisa que fiz ao chegar no colégio no dia do evento foi conversar com o Rogério para lhe pedir que não brigasse com o Nilsão, que então era namorado da Dani, sua ex.

Ele me prometeu não fazê-lo, a menos que fosse provocado.

— É isto aí — disse-lhe eu. — Violência não leva a nada.

Foi acionado o sinal da entrada.

Os alunos todos entraram para as classes cantando.

Uns enobreciam o E.C ZUMBI; outros, o E.C OBAMA.

Envolvido pela euforia geral, cantei:

— Ê, Ê, Ê, Ô, Ô, o ZUMBI é o terror!

Chibale, sutilmente, levantou o braço direito e ameaçou o Tiago, com o punho cerrado no ar.

Percebendo o insulto, corri para o lado do meu companheiro e apaziguei.

Tiago aguentou firme.

Como a partida seria após o intervalo da merenda, as equipes envolvidas na disputa formaram uma comissão de urgência e foram falar com a diretora.

Queriam que antes do evento fosse entoado o Hino Nacional e que também hasteassem as bandeiras da cidade.

— Acho que poderíamos pedir também a bandeira do Brasil — sugeriu o Akil.

— Melhor é a gente não encher tanto a paciência dos professores e da diretora — lembrei-lhe. — Você sabe: quem tudo quer... Se cismarem de cancelar tudo...

Ficou então decidido que pediríamos só a bandeira da cidade e o hino.

Quando foi colocado o pedido, ao contrário do que imaginávamos, a diretora achou ótima a ideia e até nos cumprimentou pela excelente organização.

Disse que estávamos agindo de modo democrático, como perfeitos cidadãos.

Este estímulo vindo dela encorajou o Rodrigo a arriscar um pedido.

— Se desse para hastearmos também a bandeira do Brasil...

Ela não respondeu nada, apenas sorriu, amigável, e nos aconselhou:

— Agora acho bom vocês irem para as classes e nada de discussão. Combinado?

Saímos da diretoria felizes, radiantes. Mal contínhamos nossa euforia.

PRÉ-JOGO

Difícil foi assistir à aula depois de tudo.

Não conseguíamos nos concentrar, o tempo não passava. Até os professores estavam estranhos, parece que com pressa.

Em dado momento, alguns professores adentraram nossa sala.

Tinham vindo nos informar sobre alguns dados técnicos.

Os bandeiras seriam o professor Lori e o professor Mateus.

Quanto ao juiz, seria o professor Toninho, que nos dava aulas de ciências.

A professora de matemática, Lorena, trouxe uma folha contendo a escalação das equipes disputantes.

Convidaram-nos a sair e nos conduziram para o pátio.

Dona Lorena se pôs a nos chamar, cada um pelo seu nome, dizendo a posição em que jogaríamos.

Num instante as duas equipes estavam formadas e posicionadas.

Cada atleta trazia na postura um ar de responsabilidade e desejo latente de fazer uma ótima partida, oferecendo ao público presente, um espetáculo de alto nível.

A diretora pôs-se à frente e, depois de fazer algumas colocações, encerrou dizendo:

— Vamos ouvir e cantar o Hino Nacional.

Ao ouvi-lo, pareceu-me às vezes que ele ia entrando em mim como brisa, outras como brasa.

Agora, teve uma hora que não deu.

Foi quando, ao lado da bandeira da cidade, vi subir a majestosa e bela do Brasil.

De repente, pareceu-me cair num buraco.

Veio-me nitidamente o jogo do meu sonho, com os mínimos detalhes.

O Kayodê machucado , cambaleando, em direção a nossa bandeira, apontando-a com o dedo indicador da mão direita e com a outra mão comprimindo o ferimento do rosto.

Esforcei-me para ficar ereto, imóvel, mas meu corpo dentro do sonho não obedecia ao meu comando.

Caí em mim quando o Rodrigo deu-me um cutucão e trouxe-me à realidade.

A DECISÃO

Já no campo, a disputa foi iniciada, mas, logo nos primeiros minutos, percebi que não seria fácil.

Mais ou menos aos doze minutos, o 8 do meu time chutou em direção ao gol, mas não deu. A bola passou raspando a trave.

Logo após, foi um jogador do time adversário que me fez tremer.

O Marquinho veio com tudo, driblou dois parceiros meus e chutou em direção ao gol.

A torcida ferveu, mas graças a Deus a bola foi desviada para fora. Só escanteio, que deu em nada.

Nosso goleiro ficou pálido, mas disfarçou direitinho.

Passado alguns minutos, o Chandu cometeu uma falta no Alex, meu companheiro.

— Taí a chance! Vai, Kamau! Chuta você!

Decepção. Chutei, mas errei. A bola foi parar no meio da torcida.

Choveram vaias e xingamentos.

Depois, numa das jogadas o Pingo, ao passar por mim, deu-me uma forcinha:

— Valeu, Kamau! O importante é que você tentou.

E assim várias tentativas foram feitas, várias chances desperdiçadas por ambos os times.

Eram jogadas erradas, faltas, etc.

Para nos complicar, o goleiro deles pegava todas as bolas que iam em direção a ele.

O primeiro tempo terminou em 0x0.

Depois do intervalo, já voltamos com as substituições feitas

Do meu time saiu o Léo e entrou o Chibale. Do outro time saíram o Gilson e o Vinicius, para entrarem o Pepa e o Vandinho.

Estávamos todos com os ânimos mais assentados, mas inconformados com aquele empate sem graça.

De repente, desconfiei que não estava bem na partida e cheguei a falar com o técnico se não seria melhor eu ser substituído.

— Não tem ninguém melhor para entrar no seu lugar. Tá doido? — disse ele.

Icentivado pela confiança do técnico, percebi logo que estava melhor do que antes.

Fiz cada jogada de causar inveja.

Era um drible atrás do outro, mas a bola parecia que não entendia que a sua missão era fazer o gol.

De repente alguém gritou: — pênalti!

Fiquei gelado e disse para mim mesmo: — agora sai!

Quase que instantaneamente, caí na real.

Quem havia cometido o pênalti era a minha equipe.

Mal havia me refeito do susto, ouvi a torcida gritando, eufórica:

— Kaiodê! Kaiodê! Kaiodê!

Pediam que ele fizesse a cobrança.

Tendo sido colocada a bola no lugar indicado pelo juiz, fez-se.

Fez-se um grande silêncio. Pareceu-me que as pessoas nem respiravam.

Kaiodê tomou posição. Ficou parado, com as mãos na cintura, diante da bola.

Tive a certeza de que estava dialogando com seus pensamentos. — Olha não me decepcione, vai lá e arrebenta a rede!

O juiz apitou.

Meu irmão meteu o pé e a alma na redonda.

O Abedi não viu nem a cor da bola.

— Gol! Gol! Gol do Kaiodê! — a torcida explodiu.

Saí feito louco afastando tudo quanto era jogador e cheguei pertinho do meu irmão.

Abracei-o. Beijei-o. Achei pouco, tomei-o nos braços e levantei-o o mais alto que pude, mostrando o herói para quem quisesse, como eu, vê-lo, tocá-lo e aplaudi-lo.

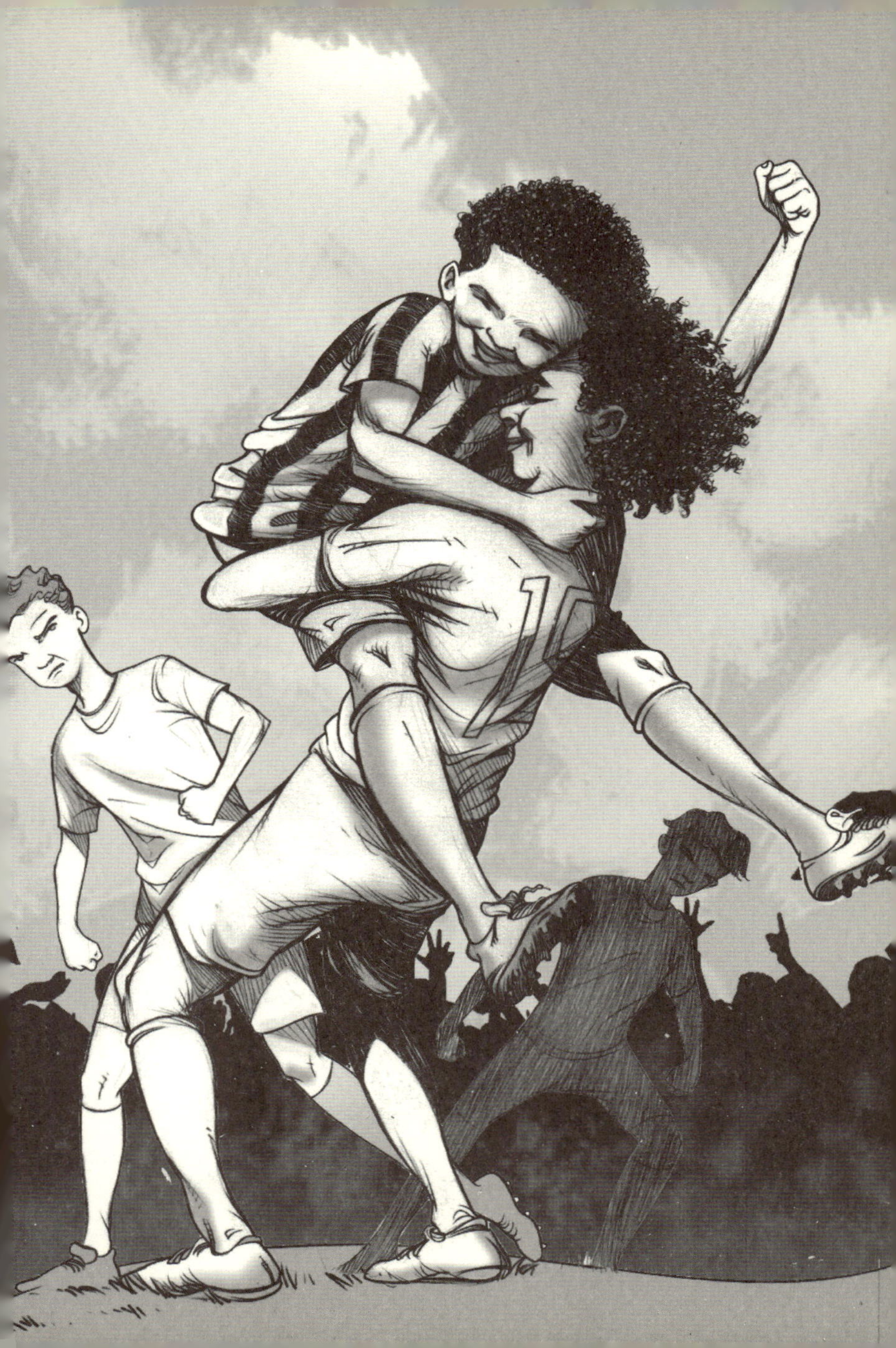

Ainda estava com ele nos braços quando ouvi:

—Traidor! Virou bandeira não é?

Era o Baraka me puxando pela camisa, pronto para me agredir.

— Eu... tentei explicar, mas, antes que eu pudesse dizer alguma coisa, meu time inteiro me cercou e me encheu de pontapés.

Meu irmão correu tentando me socorrer, mas nem deixaram chegar perto de mim.

Nesse exato momento, o professor Gilberto surgiu do nada e me arrancou do meio daquela turma enfurecida.

Outros professores vieram e apaziguaram a situação.

Sei lá... acontece cada coisa que a gente nem imagina.

Meu olho roxo e as escoriações todas não doíam. Eu me sentia leve, satisfeito.

Era como se eu tivesse feito aquele gol.

O jogo continuou, mas não demorou muito para que o juiz desse por encerrada a partida com a vitória de 1x0 para o meu irmão, quer dizer para o F. C. Obama.

A CONFRATERNIZAÇÃO

Pesava-me muito o mal-entendido por parte dos colegas.

Na hora da entrega do troféu ao time vencedor, pedi à diretora permissão para falar algumas palavras.

Dada a permissão, dei alguns passos e coloquei-me à frente.

Choveram vaias.

Fiquei de cabeça baixa até que as vaias, pouco a pouco, cessassem.

Eu quis dizer:

"Queridos professores, senhora diretora..." mais um nó subia e descia, passando pela minha garganta, então só pude dizer:

— Eu... não estava torcendo para o F.C. OBAMA, só comemorei o gol do meu irmão.

Como não tinha palavras nem coragem para continuar, voltei para o lugar onde estava anteriormente.

Fez-se um silêncio prolongado.

De repente ouviu-se um aplauso lento bem lá no meio da torcida.

Olhei e vi o nosso atleta Robson me aplaudindo.

Imediatamente todos começaram a me aplaudir calorosamente.

Na saída do colégio, como se quisesse me dar provas de solidariedade, o juiz deu-me um tapinha nas costas.

Virei sem graça.

— Valeu, garoto, isto que é ser gente, irmão de verdade.

Eu e o Kaiodê seguimos então, em direção à nossa casa, conversando.

— Poxa, Kamau. O que você fez foi melhor do que eu ter feito o gol.

— É, mano — assenti. — Foi legal, concordo, mas olha só para o meu braço. Mas o pior não é isto, quero ver como explicar em casa.

Estou até ouvindo a mamãe dizendo "você é o mais velho, tinha que dar exemplo. E o que fez? Provocou toda a encrenca"...

— Concordo, mas, se você tivesse feito o gol, a minha cara é que estaria agora arrebentada — respondeu-me o Kaiodê.

Olhamo-nos e caímos na risada.

— Obrigado. Eu te amo — acrescentei.

Chegando em casa fui logo tomar um banho para tentar amenizar a cor e a dor das escoriações que pareciam pintura sobre tecido.

Não demorou para que minha mãe chegasse, batesse na porta do banheiro e gritasse:

— Quero falar com vocês. Venham!

Tremi nas bases.

— O Kaiodê deve estar estudando e eu não estou com fome — tentei responder calmamente para disfarçar meu medo.

— Venham agora!

Sem titubear mais, saí do banheiro e fui para a sala onde meu irmão já esperava, tão nervoso quanto eu.

— Bem — começou ela —, logo após assistir ao jogo...

— A senhora assistiu? — Viu tudo? Quero dizer, o jogo inteiro?

— Vi. A briga também.

Kaiodê veio em minha defesa.

— Mãe, ele não teve culpa. Nós ...

— Eu sei — completou ela. Sou contra qualquer tipo de violência, mas, analisando a situação, concluí que vocês são exatamente os filhos que, se eu não tivesse, queria ter.

Ainda estávamos boquiabertos quando o papai chegou.

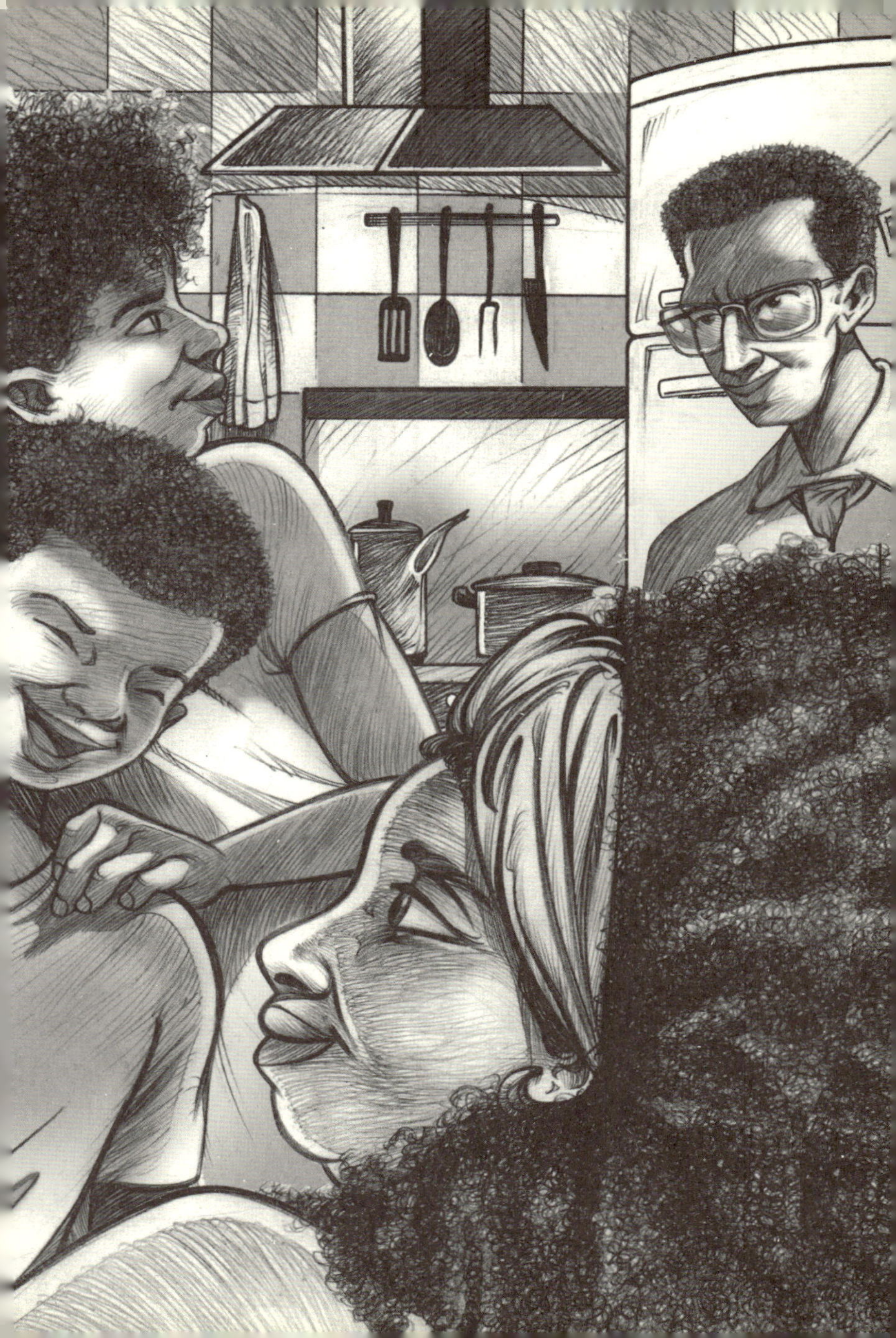

Enquanto procurava algo na geladeira, disse-nos:

— O dia hoje foi cansativo demais. Parece que levei uma surra!

— Também? — disse a mamãe.

Nós três começamos a rir desenfreadamente. Papai não estava entendendo nada, mas, como nos viu gargalhando, sorriu também.

Esta obra foi composta em Arno Pro Light 13, e impressa em papel pólen bold 90, pela Gráfica EXKLUSIVA, para a Editora Malê em outubro de 2023.